www.tredition.de

Christoph Maier

Mit dem Rollstuhl durch mein Leben

Stationen: Kindheit, Jugend, Erwachsenwerden

www.tredition.de

© 2020 Christoph Maier

Verlag und Druck: tredition GmbH, Halenreie 40-44, 22359 Hamburg

ISBN
Paperback: 978-3-7497-7297-1
Hardcover: 978-3-7497-7298-8
e-Book: 978-3-7497-7299-5

tredition®

www.tredition.de

Christoph Maier

Mit dem Rollstuhl durch mein Leben

Stationen: Kindheit, Jugend, Erwachsenwerden

www.tredition.de

© 2020 Christoph Maier

Verlag und Druck: tredition GmbH, Halenreie 40-44, 22359 Hamburg

ISBN
Paperback: 978-3-7497-7297-1
Hardcover: 978-3-7497-7298-8
e-Book: 978-3-7497-7299-5

Vorwort: Erinnerungen einer Mutter

Mein Sohn Christoph und ich haben uns einige Zeit vor seiner Geburt schon kennengelernt. Ich habe ihn in vielen meiner Träume kennen und lieben gelernt. In einem besonders aufwühlenden Traum war er ein kleiner, grüner, hilfloser Frosch, der auf seinem kleinen Bäuchlein lag, ganz zart und zerbrechlich. Er schnaufte heftig, als müsste er ganz schnell allen Sauerstoff dieser Welt in sich aufnehmen. Bewegt hat er sich in meinem Traum nicht.

Ich war sehr besorgt und hoffte, er würde es schaffen. Mein Sohn kam zwölf Wochen zu früh als Winzling per Kaiserschnitt zur Welt. Er hat um sein Leben gekämpft wie ein Löwe. Nach zwei Tagen konnte ich ihn zum ersten Mal sehen, er lag wie ein kleiner Frosch, Ärmchen und Beinchen ausgestreckt, im Inkubator, angeschlossen an tausend Kabel. Ich war glücklich und traurig. Tränen sind geflossen, aber ich habe auch Energie und Lebenskraft gespürt. Ich wusste, Christoph wird das Leben meistern. Sehr oft saßen sein Vater und ich am Brutkasten, der unseren Sohn am Leben erhielt, und haben gebetet. Manches Mal mussten wir nach Hause fahren und haben nicht gewusst, ob er die Nacht oder den Tag überlebt. Er hat gekämpft und gewonnen.

Nach zehn Wochen durfte unser tapferes Kind nach Hause, seine zwei Schwestern haben schon auf ihn gewartet. Alle waren sehr stolz auf ihn. Wir hatten eine wunderbare Zeit und sein Start in unsere Familie hat uns sehr glücklich gemacht.

Irgendwann hat Christoph den Einzug in unsere Familie so kommentiert: Ich bin so rumgeflogen und dann habe ich euch gesehen, wie ihr am Tisch mit meinen Schwestern ein Spiel gespielt habt. Ich habe mir gedacht: „Bei dieser Familie möchte ich gerne landen und wohnen", und nun bin ich da.

Nach ein paar Monaten wurde mein sonst eher stiller Sohn sehr unruhig, er hat viel geweint, wenig geschlafen. Diese Unruhen waren der Beginn einer sehr schlimmen Zeit für uns. Christoph hatte plötzlich starke Krämpfe, bei Babys nennt die Medizin das BNS Krampfanfälle.

Die Odyssee zu vielen Ärzten begann, jeder meinte etwas anderes zum Krankheitsbild, ich war verunsichert. In dieser Zeit habe ich gelernt, neben meinem Bauchgefühl auch auf die vertrauensvollen Aussagen eines bestimmten Arztes zu hören. Er schlug eine ungewisse aber für mich plausible Therapie vor. Die sogenannte ACTH-Behandlung sollte über 6 Monate im Krankenhaus dauern. Christoph bekam in den nächsten Monaten steigernd hohe Dosen Cortison injiziert. Das Risiko, diese Behandlung nicht zu überleben, war sehr groß – aber das Vertrauen in Gott und den Arzt war größer. Für mich erschien diese Methode als die einzig richtige, damit mein Sohn krampffrei wird. Ich hatte mich, natürlich zusammen mit meiner Familie, richtig entschieden. In den Monaten im Krankenhaus hat die Therapie bewirkt, dass bis heute, mehr als 30 Jahre später, die Anfälle nicht wieder aufgetreten sind. Nach dieser nervenaufreibenden Zeit im Krankenhaus begannen verschiedene Therapien.

Meine Erlebnisse aus dem Kindergarten

Im Alter von vier Jahren war ich wohl reif genug für den Kindergarten. Obwohl ich so schnell wie möglich auf diese Welt kommen wollte, habe ich mir danach Zeit gelassen für den ersten „Ernst des Lebens" und die Begegnung mit anderen Kindern.
Bis zu dem Zeitpunkt hatte ich meinen kleinen Bruder

Basti, knapp zwei Jahre jünger als ich, mit dem ich mich fetzen und messen konnte. Solange mein Bruder noch nicht auf seinen zwei Beinen stehen konnte, war ich immer der Sieger. Basti konnte zu diesem Zeitpunkt nur rückwärts kriechen und hat mich natürlich nicht entdeckt, wenn ich hinter ihm war, um ihn zu erschrecken. Mein kleiner Bruder war zu diesem Zeitpunkt gerade wenige Monate alt und noch nicht so schnell wie ich.

Auf dieser Ebene, auf der mein Bruder und ich diese paar Monate waren, (am Boden liegend oder rückwärts krabbelnd) habe ich meistens einen Schopf Haare von ihm erwischt oder ihn gebissen (aber nie zu fest). Wir konnten auch „schön" miteinander spielen, haben miteinander kleine Spielzeugautos über einen Straßenteppich geschoben und uns über jeden „Unfall" gefreut.

Bis zum Eintritt in einen normalen Kindergarten, für mich wurde damals extra eine Integrationsgruppe mit wenig Kindern und einer Fachkraft eingerichtet, hatte ich schon einen Marathonlauf an Therapien hinter mir.

Angefangen hat die Gaudi mit den Therapien schon bald nachdem ich aus dem Krankenhaus nach meiner ACTH- Kur entlassen wurde. Ich habe Therapien ausprobiert wie, ganz klassisch, Gymnastik nach Bobath, Vojtha Therapie, Bällchenbad (zur Förderung aller meiner Sinne), Wechselbäder, Schwimmen im warmen Wasser, halt alles, was so ein kleines Frühchen braucht, um groß und stark zu werden.

Die Vojta Therapie ist mir am meisten in Erinnerung. Diese Methode ist sehr streng mit Körpereinsatz verbunden. Der Therapeut hält mit viel Kraft und seinen Armen den Patienten in einer bestimmten Position sehr fest. Die Vojta Therapie wirkt auf vorhandenen Nervenverbindungen, auf unterschiedlichsten Körperebenen, von der Skelettmuskulatur zu den inneren Organen. Die positiven Veränderungen sind greifen, aufrichten, laufen und sprechen. Für mich war alles sehr anstrengend, aber auch sehr wirksam.

Meine Eltern wollten mich fit machen für die nächsten Jahre, haben aber trotzdem immer auf mein Wohlbefinden aufgepasst. Mir hat es Spaß gemacht und Erfolge hatte ich auch.

Besonders lustig war meine Therapie nach „Doman", die bei und daheim durchgeführt wurde. Ein Arzt in Amerika hat sich das ausgedacht. Es ist ein gut durchdachtes Programm, ich habe dadurch ein wenig krabbeln lernen können. Ich lernte ebenso, viele Wörter von Wortkarten zu erkennen. Meine Muskeln wurden durchtrainiert, kognitive Fähigkeiten habe ich ausgeweitet. Zum Beispiel Dinge beobachten, Konzentration, kleinere Gefahren spüren und Signale aus meiner Umgebung wahrnehmen, das alles lernte ich dank Doman. Bei dieser Therapie wurde auch meine Lunge sechs Mal täglich trainiert. Ich musste dafür dann in einen speziellen Plastikbeutel pusten bis der sich aufgebläht hatte.

Für all diese Therapien haben wir allerdings einen ganzen Stab von Helfern im Haus gehabt. Die jungen Zivis haben mir immer lustige Geschichten während der Therapie erzählt, damit ich bei guter Laune mitgemacht habe. Am Wochenende haben dann meine Eltern und meine Schwestern ausgeholfen, was oft nicht so lustig war.

Es war nie langweilig, aber nach sechs bis acht Stunden Therapie am Tag, und sieben Tagen in der Woche, waren ich und meine Familie recht geschafft. Irgendwann wollte ich dann dieses straffe Tagespensum nicht mehr.

Wir sind auch circa alle drei Monate zu einem Arzt nach Wiesbaden gefahren, der mich betreut hat. Als Arzt und Psychologe hat er mich sehr behutsam auf die Trainingseinheiten vorbereitet. Er hat meinen Eltern auch immer neue Übungen für mich mit auf den Weg gegeben.

Im Kindergarten war dann erst einmal Schluss mit den vielen Therapien und ich hatte meine Freizeit und Freiheit. Mein neuer Lebensabschnitt konnte beginnen.

Im Kindergarten war ich immer nur vormittags, nachmittags war wieder straffes Programm, ich hatte immer noch Krankengymnastik und Ergotherapie. Kurze Zeit war ich auch bei einer Logopädin, lange war das nicht notwendig, geredet habe ich eigentlich immer schon deutlich und viel.

Zweimal pro Woche bei der Ergotherapie

Mit der Ergotherapeutin war es immer besonders lustig. Die Therapie mit dem Schaum oder auch mit meinen Händen in einem Linsenbad sollten meine Wahrnehmung gefördert werden. Wenn die Ergotherapeutin mich zum Beispiel mit dem Rasierschaum einen kurzen Augenblick alleine gelassen hat, habe ich eine riesen Sauerei gemacht. Die Schaumberge haben mich fasziniert ich war von oben bis unten eingeseift und glitschig. So hat mich mein Vater von der Praxis abgeholt, und meiner Mutter übergeben. Sie hat dann versucht, mich wieder „greifbar" zu machen. Es folgte eine Grundreinigung. Musikalische Früherziehung war auch so ein Thema. Ohne besondere Freude und Begeisterung meinerseits, haben mich meine Eltern einmal wöchentlich zur Musikschule gebracht. Ich wurde jedes Mal mit meinem Rollstuhl in den 3. Stock getragen. Nach einem Jahr habe ich die Prozedur auch überstanden und meinen Eltern war mein Protest zu viel geworden. Ich war befreit. Der Ehrgeiz, mich musikalisch auf den Weg zu bringen, hat die Lehrerin und meine Eltern begeistert, mich allerdings nicht.

Mein Urlaubsbericht aus Griechenland

Die erste Reise, an den ich mich erinnere, war mit dem Auto nach Griechenland im Jahr 1990. Wir waren insgesamt drei Mal dort, und es war immer toll. Dieses erste Mal hatten wir ein Haus am Meer, auch der Strand war sehr schön. Ganz besonders kann ich mich noch daran erinnern, wie ich mein Schlauchboot in das Wasser geschoben habe.

Ich habe immer mit meinem Bruder ein Wettrennen am Strand gemacht, ich hatte natürlich immer mein Schlauchbot dabei, lag auf dem Bauch und habe mein Boot ins Meer geschoben. Mit den Armen bin ich vorwärts gerobbt und habe mit meinem Kopf das Schlauchboot über den Sand geschoben. Meistens waren mein Bruder und ich gleich schnell im Wasser.

Ganz besonders gut hat mir das griechische Essen geschmeckt. Es gab am Strand ein kleines Fischlokal in dem waren wir ein paarmal beim Essen.

Einmal waren mein Bruder Basti und ich so anstrengend, dass unser Vater zu mir und meinem Bruder gesagt hat, „wir fahren mit unserem Schlauchboot aufs Meer und machen ein Wettpaddeln und wer zuerst am

Strand ist, hat gewonnen". So hatte mein Papa eine Viertelstunde seine Ruhe in seinem Schlauchboot.

Der Preis für den Sieger war, im Lokal den Wunschfisch zu essen. Gewonnen habe mal ich, mal mein Bruder. Basti hat sich meistens für viele kleine Fische entschieden, bis zu fünfzehn frittierte Sardinen konnte er zu einer Mahlzeit essen, ich habe meistens einen großen Fisch gegessen.

An was ich mich noch gut erinnere, war, dass wir ein Haus am Meer gemietet haben. Zweimal sind wir die Strecke von Rosenheim in Bayern nach Griechenland mit dem eigenen Auto gefahren. Wir waren drei Tage mit dem Auto unterwegs. Als wir nach drei Tagen endlich angekommen sind, waren wir alle sehr müde von der langen Reise, und ich habe mich schon sehr gefreut, das Meer zu sehen. Mein Bruder, meine Eltern und ich, wir haben sehr viele Spaziergänge am Strand gemacht.

Und einmal haben wir uns ein mittelalterliches Kloster angesehen, das Meteora Kloster, mittags um zwölf Uhr. Niemand war dort, auch keine Mönche, weil niemand bei fast 40 Grad Hitze die vielen Stufen zum Kloster gehen wollte. Mein Vater hat mich in einem Tragegestell auf den Berg gebracht. Ziemlich enttäuscht, weil niemand sonst dort war und sehr müde sind wir zurück zum Auto.

Mein erster Urlaub mit dem Flugzeug

Mein erster Urlaub mit dem Flugzeug ging nach Hamburg. Ich war aufgeregt, denn ich war erst sechs Jahre alt. Endlich waren wir in Hamburg, alles war sehr aufregend, ich konnte gar nicht genug auf Einmal in mich aufnehmen. Im Hotel war es sehr schön. Vom Balkon aus konnte ich einen kleinen See entdecken. Der kleine See gehörte zur Anlage des Hotels und war für Gäste reserviert.

Am nächsten Morgen, gleich nach dem Frühstück, wollte ich unbedingt dahin. Also haben meine Eltern und mein Bruder mich im Rollstuhl dahingeradelt. Von weitem entdeckten wir viele Schwäne, alle schwammen über den Teich. Am Steg angekommen entdeckten wir, dass die Schwäne aus Plastik waren, man konnte sie mieten um auf dem See zu fahren.

Noch mehr Spaß hatte ich bei der Hafenrundfahrt auf einer Barkasse im Hamburger Hafen. Es war sehr spannend, zwischen den riesigen Dampfern und Frachtschiffen hindurch zu schippern, da ich schon immer eine Vorliebe für Boote und Schiffe hatte. Noch heute hängen Stadtkarten von Hamburg in meinem Wohnbereich bei meinen Eltern.

Meine Erfahrungen in der Ukraine und mein Erlebnisurlaub in Osteuropa

Ich bin mehrmals in der Ukraine gewesen, weil ich dort eine spezielle Therapie, immer über zwei Wochen, gemacht habe. Um sieben Uhr gab es ein Frühstück. Meistens hatte ich danach eine Massage eine Gelenktherapie zum Einrenken der Wirbelsäule. Es gab auch Gruppentherapien mit den anderen Patienten, die Bienenstichtherapie und Bienenwachsumschläge mit Paraffin und Honig. Danach war eine Stunde Ruhepause, eingepackt in warme Decken.

Diese Therapie war für mich sehr anstrengend, denn in 14 Tagen waren nur zwei Tage Pause.

Das Sanatorium, in dem wir für die Zeit gewohnt haben, befand sich in der Stadt Truscavez, eine Autostunde von Lemberg entfernt.

Nach den Therapien sind mein Vater und ich immer in die Stadt zum Bahnhof gefahren. Von dort aus ist täglich ein langer Zug nach Dnipropetrowsk gefahren. In jedem Waggon standen Kohleöfen zum Beheizen in den strengen Wintermonaten. Für einen Waggon war ein Zugbegleiter für das heizen zuständig. Ich fand das sehr spannend, als mein Vater mir alles erklärt hat. Leider sind wir selber nie mit dem Zug gefahren wir haben ihn nur angeschaut und bewundert, bei uns in Deutschland gibt es solche Züge nicht.

Nach einer der vielen Therapieeinheiten in der Ukraine wollten mein Vater und ich noch einen Original Wodka mit nach Hause nehmen. Leider war alles schon ausverkauft. Die Einheimischen hatten die Läden leergekauft, weil am nächsten Tag ein Feiertag war, und die Menschen nicht arbeiten mussten. So hat uns ein Ladenbesitzer das erklärt. Und zum Feiern gehört Wodka ja dazu.

Ich bin einige Jahre lang immer wieder zur Therapie in die Ukraine gefahren. Manchmal auch mit meiner Mutter und einem Zivildienstleistenden. Wir haben immer sehr viele nette Menschen kennen gelernt, mit manchen sind wir heute noch in Kontakt. Ich habe einige neue Bewegungsabläufe gelernt, und es war eine aufregende Zeit.

Mein „Zuhause", wenn ich bei meinen Eltern bin

Mein Wohnraum, wenn ich bei meinen Eltern bin, ist sehr großzügig gebaut und total barrierefrei. Dies war auch dringend notwendig, weil mein Zimmer lange Zeit im ersten Stock unseres Hauses war. Ich war damals schon 16 Jahre alt und meine Eltern konnten mich nicht mehr täglich in den ersten Stock tragen, also musste eine Alternative gefunden werden.

Die Idee mit einer Außenliftanlage haben sie bald verworfen, weil alles witterungsbedingt und platzmäßig zu kompliziert war. Wir konnten dann an unser Haus einen Anbau machen, mit einem eigenen Eingang, und das war die ideale Lösung. Mit einem Bett- und Badlift war alles für mich im Rollstuhl gut erreichbar.

Jahrelang war ich zweimal wöchentlich mit meiner Mutter zur Wassertherapie in einem Thermalbad. Mit dem Umbau bei meinen Eltern wurde auch ein Schwimmbecken gebaut, wo ich die Therapie fortsetzen konnte. Durch dieses Schwimmbad im Garten wurde es für mich angenehmer, die Wasser-Therapie zu machen.

An heißen Tagen war es sehr angenehm, nicht zum See fahren zu müssen. An öffentlichen Badeplätzen haben mich die Leute immer so angestarrt, wenn mich meine Eltern mit dem Rollstuhl oder auf dem Arm ins Wasser gebracht haben. Das alles hat mich mit der Zeit sehr genervt und ich fühlte mich unwohl.

Die Selbstbestimmung behinderter Menschen bestimmt

unser Handeln. Ein erfülltes Leben, nicht mehr und nicht weniger, wünscht sich ein jeder.

Mein Wechsel an eine Schule in die Großstadt und damit verbundene Probleme

Ich bin auf zwei verschiedenen Schulen gewesen. In der ersten Schule war ich 13 Jahre lang, von der ersten Klasse bis Werkstufe. Es war eine spezielle Schule für Kinder mit Körperbehinderung. Nach den Jahren habe ich auf eine weitere Ausbildungsstätte in einer Groß-stadt gewechselt. Ich habe dann vier Jahre in München gelebt.

Mit 20 Jahren, also 2003, bin ich nach München in eine weiterführende Schule gekommen, in die Großstadt hat mich anfangs sehr unsicher gemacht. Bis auf die Tatsa-che, dass ich Rollstuhlfahrer bin, ist mein Leben eigent-lich normal. Es war ein Samstagabend an dem sich mein Leben dramatisch verändert hat.

Ich hatte keine Lust mehr auf mein Leben, für mich war es ohne Sinn. Es war so schlimm, dass ich fast in eine Nervenklinik gekommen wäre. Den Schein zur Über-weisung hatte meine Mutter von meinem Hausarzt schon bekommen. Doch den Überweisungsschein in die Nervenklinik brauchte ich zum Glück nicht, aber ich war kurz davor.

Mir hat der Wechsel in eine neue Schule, an die ein Internat angeschlossen war, eine große Stadt und die Trennung vom Elternhaus und meinen Geschwistern damals große Angst gemacht. Ich war insgesamt vier Jahre vom Elternhaus und meiner Familie getrennt. Nur jedes zweite Wochenende durfte ich heim.

Außerdem hat mein kleiner Bruder zu dieser Zeit, er war gerade 18 Jahre alt, den Führerschein fürs Auto und Motorrad gemacht. Es war eine Kombination aus Abschied nehmen, einer Schule, die sehr viel verlangt hat, dem sehr anstrengenden Unterricht und dem Wissen, dass ich den Führerschein nicht machen kann: das hat mein bisher glückliches Leben völlig aus der Bahn geworfen.

Ich habe jedoch den Absprung geschafft, dass ich nicht in die Klinik eingewiesen werden musste. Meine Eltern haben mich zu einer Freundin nach München gefahren. Sie ist Psychologin und sitzt selbst im Rollstuhl, sie ist seit der Geburt körperbehindert. Sie hat viel und oft mit mir gesprochen. Ich habe viel mit ihr reden können und habe auch darüber gesprochen, dass ich in der Schule und im Internat viele Probleme hatte, dass das Schuljahr für mich sehr anstrengend war und ich Heimweh hatte und überhaupt die Großstadt für mich eine einzige Herausforderung war.

Die anschließenden vier Jahre in München haben mich sehr geprägt. Ich wurde gefordert und gefördert. Die

Großstadt zieht sich wie ein roter Faden durch mein bisheriges Leben und vielleicht zieht er mich auch wieder dorthin. Die Zeit in der Stadt hat mich reifer werden lassen und sie hat mich geprägt.

Meine Wohngemeinschaft

Ich war nicht sehr begeistert, als meine Eltern verkündeten, sie würden eine Wohngemeinschaft, zusammen mit anderen Eltern, die auch Kinder mit einer Behinderung haben, gründen.
Heute bin ich dankbar dafür, ich kann alleine in einer Wohnung leben, werde betreut und habe eine Gemeinschaft. Ein Heim wäre sicher eine Alternative, aber so wie ich mich jetzt entwickelt habe, war die Entscheidung meiner Eltern goldrichtig. Ich kann in vielen Bereichen selbstbestimmt leben, im Rahmen der Vorgaben des Pflegedienstes, er hat seine Regeln und Zeiten.
Ich habe in dieser Wohngemeinschaft viel erlebt, ich habe Freunde gefunden, mir Haustiere gewünscht und bekommen und habe viel Selbstständigkeit gelernt.

Meine Freundin Rosi und ich

Meine Zeit mit Rosi in unserer gemeinsamen Wohnge-meinschaft. Mit meiner Freundin Rosi habe ich mich schon sehr bald angefreundet. Sie ist 2009 in unsere WG eingezogen. Ich habe mit ihr die schönsten Jahre in der Wohn-gemeinschaft verbracht. Sie war eine au-ßergewöhn-liche junge Frau mit einer sehr schweren Behinderung. Rosi hatte einen sehr schweren Unfall, sie lag ein paar Wochen im Koma und danach war nichts mehr wie vorher. Sie konnte nicht mehr reden und nicht mehr schlucken. Mit einer Magensonde wurde sie ernährt.

Für mich war sie immer ein Vorbild, weil sie mit einer unglaublichen Gelassenheit ihre Behinderung ange-nommen hat. Rosi war wahnsinnig lustig und hatte stets ein paar witzige Sprüche und Ideen auf Lager. In unse-ren Gesprächen haben wir oft über unsere Fähig-keiten geredet zum Beispiel, dass ich das Laufen nie gelernt habe. Rosi sagte dann: „und ich habe es wieder ver-lernt", aber ohne Wehmut.

Wenn man sich mit Rosi unterhalten wollte, musste man sich Zeit nehmen. Das „Sprache verstehen" war manch-mal sehr schwierig, ich habe sie immer verstan-den, ge-legentlich hat sie das Wort buchstabiert.

Manche anderen Bewohner aus unserer WG haben keinen Kontakt zu Rosi aufgebaut, weil sie zu ungeduldig waren und weil sie mit ihr nichts anfangen konnten.

Rosi war so einmalig wunderbar, weil sie vor gar nichts Angst hatte, sie war sehr mutig und unternehmungslustig. Für mich war sie der liebste Mensch, wir waren sonntags zum Brunch im Café, im Kino, im Theater oder wir haben einfach einen Spaziergang gemacht.

Eine besondere Vorliebe hatten wir für meine Katze und die Katze für uns. Sie hatte zwei „Zuhause" und in jedem davon wurde sie liebevoll umsorgt. Ganz vorsichtig und mit viel Gefühl hat sie meine Katze gestreichelt. Mit Gefühl hat es Rosi geschafft, trotz schwerer Spastik, die Katze liebevoll zu streicheln. Der schönste Dank für sie war, wenn das kleine Tier schnurrend und lange auf ihrem Schoß saß. Wir haben viel Zeit miteinander verbracht.

Ich war mit meiner Mitbewohnerin sehr gut befreundet, und ich bewunderte sie sehr, wie sie ihr Leben trotz ihrer schweren Behinderung lebte und es trotzdem genießen konnte.

Ich sagte zu ihr, dass es viel schwieriger ist, die Behinderung zu akzeptieren in ihrer Situation, die leider nicht mehr zu ändern ist, da sie es anders kennt. Trotzdem muss man versuchen, aus dem Leben das Beste zu machen, und ich finde, dass sie ihr Leben sehr gut gemeistert hat. Ich denke, ich habe ihr auch helfen können, mit ihrem Schicksal Frieden zu schließen.

Meine Freundin, die sie inzwischen geworden war, hat viel mit mir gelacht und obwohl sie kaum sprechen konnte, hat sie mir trotzdem viel erzählt.

Seit einiger Zeit spürte ich, dass es meiner lieben Mitbewohnerin nicht mehr gut geht. Sie wollte nicht mehr aufstehen und auch keinen Arztbesuch mehr machen. Wochenlang lag sie nur im Bett. Irgendwann hatte sie den Wunsch, ins Krankenhaus zu gehen. Ich war darüber sehr traurig, aber ich habe gehofft, sie kommt zurück in ihre Wohnung.

Ich habe meine Freundin noch ein paarmal im Krankenhaus besucht und bei unserem letzten Treffen, einen Tag bevor sie starb, habe ich mich dann sehr liebevoll, aber auch sehr traurig von ihr verabschiedet. Mir fehlt sie auch heute noch sehr, obwohl schon fast zwei Jahre vergangen sind. Mir bleibt sie in Erinnerung mit ihrem Lächeln und ihrer Fröhlichkeit.

Als sie ein paar Wochen verstorben war, war ich wieder in Hamburg. Ich habe mir eine ambulant betreute Wohngemeinschaft angesehen mit angeschlossener Arbeitsstelle. Von einem guten Bekannten wusste ich, dass in Hamburg die Wohn- und Arbeitsbedingungen sehr gut sein sollen. Ich habe für mich überlegt, dass eine ganz andere Gegend in Deutschland mir gefallen könnte. Meine Freundin war nicht mehr da und ich wollte weg. Ich habe mich allerdings nicht dazu entscheiden können, Bayern, meine Familie und Freunde zu verlassen.

Meine Lieblingskatze Schniefi

Die schlimmste Zeit war für mich, als ich ins Krankenhaus musste, und meine Katze Schniefi gemerkt hatte, dass es mir nicht gut gegangen ist. Das war im Frühsommer 2016.
Ich hatte zu diesem Zeitpunkt Schmerzen und ich habe gedacht, dass sie von alleine wieder weggehen. Nur leider gingen die Schmerzen nicht weg, sondern sie wurden immer schlimmer. Nachdem ich von meiner Arbeitsstelle heimgekommen bin, habe ich hohes Fieber bekommen. Mein Pflegepersonal hat den ärztlichen Notdienst gerufen und der Krankenwagen hat mich umgehend ins Klinikum gebracht. Meine kleine Katze, die immer gemerkt hat, wenn, es mir nicht gut geht, hat plötzlich Panik bekommen und hat sich in ihr Körbchen verkrochen. Ein paar Tage später war ich wieder daheim, aber meine kleine Katze war verschwunden.

Freunde, Geschwister und ich haben sie tagelang gesucht, leider ohne Erfolg. Ich war sehr lange traurig. Leider habe ich danach keine Katze mehr bekommen.

Die Bestellung von meinem Elektro-Rollstuhl mit Aufsteh-Vorrichtung

2010 wurde in der Klinik meine Wirbelsäule kontrolliert und eine Skoliose festgestellt. Anfangs musste ich deswegen ein Korsett tragen, das kam allerdings bald nicht mehr für mich infrage, da ich keine Luft bekam. Deshalb bekam ich einen Rollstuhl mit Stehfunktion, der sehr gut für meine Wirbelsäule war, weil ich in dem Rollstuhl aufrecht stehen konnte und die Krümmung der Wirbelsäule so entlastet werden konnte.
Nur leider war die Elektronik der Aufstehvorrichtung sehr anfällig für Schäden, zum Beispiel bei Fahrten auf Kopfsteinpflaster.
Einmal hatte ich meinen Elektrorollstuhl zurückbekommen nach der Reparatur. Ich wollte ihn gleich auf der Straße ausprobieren. Ich hatte nämlich ein Nummern-

schild und somit hatte mein Elektrorollstuhl eine Straßenzulassung wie ein Mofa. Das bedeutet, dass ich mit meinem E- Rollstuhl auf Nebenstraßen fahren darf. Als ich in der Stadt mit meinem Rollstuhl unterwegs war, wollte ich gerade eine Ampel überqueren, da habe ich gemerkt, dass der Rollstuhl immer langsamer gefahren ist und fast stehen geblieben ist. Mit letzter Kraft und guter Hoffnung, dass ich daheim ankomme bin ich weitergefahren und auf der anderen Straßenseite angekommen. Das war ein Fehler in der Elektronik, weil die Elektronik war sehr anfällig auf Stoß- und Rüttelbewegungen war.

Ich habe dann einen Rollstuhl ohne Aufstehvorrichtung bekommen, der ohne Probleme auch über Kopfsteinpflaster fahren kann.

Mit dem jetzigen E-Rollstuhl, ohne Aufstehvorrichtung, bin ich schon einige Kilometer gefahren. Ich habe den Rollstuhl jetzt schon ein paar Jahre. Seit 2016 fährt er mich sicher überall hin. Ich werde immer sicherer und fahre jetzt auch schon weitere Strecken, zum Beispiel in den nächsten Ort zum Einkaufen, das sind circa fünf Kilometer. Mit diesem Rollstuhl habe ich ein sicheres Gefühl, dass er mich wieder heimfährt.

Meine Beobachtungen bei dem Leben und der Arbeit in der Werkstatt für Menschen mit Behinderung

Die Mitarbeiter in der Werkstatt geben sich Mühe, für mich eine sinnvolle Beschäftigung zu suchen. Ich bin in der Schreinerei beschäftigt. Leider gibt es für mich sehr wenig Möglichkeiten, produktiv zu arbeiten, bedingt durch meine schwere Spastik, die ich besonders in der linken Hand habe.

Es macht mir trotzdem auch Spaß, die Arbeit zu machen, und wenn ich einen Auftrag bekomme, versuche ich, diese so gut es geht zu erledigen.

Eine Arbeit hat mir sehr großen Spaß gemacht. Wir hatten viereckige Holzkästen mit einem viereckigen Blatt Papier, das Blatt wurde in die Holzkisten eingelegt. Anschließend habe ich farbig lackierte Holzsteine nach einem vorgegebenen Muster in die Kisten gelegt.

Für einen Rollstuhlfahrer mit so einer schweren Körperbehinderung und Spastik in meinen Händen, kann ich die Arbeit nur sehr langsam erledigen, aber ich gebe trotzdem mein Bestes.

Durch die vielen verschiedenen Behinderungsarten, die dort beschäftigt sind, kann es zu Spannungen zwischen den Beschäftigten untereinander kommen und das macht mir sehr zu schaffen. Ich bin dann manchmal sehr traurig und mutlos.

Es arbeiten in unserem Haus 270 Menschen mit Behinderung. Bei der Schreinerei arbeiten viele Kollegen mit einer geistigen Behinderung, oder sie sind verhaltensauffällig. Manche werden von der Agentur für Arbeit vermittelt.

In der Werkstatt für behinderte Menschen (WfbM) geben sogenannte Außenarbeitsplätze den Beschäftigten einmal die Möglichkeit, in eine andere Firma hinein zu schauen und ein Praktikum zu machen. Diese Werkstatt hat nämlich ein großes Netzwerk von Firmen, die mit ihnen zusammenarbeiten. Leider gibt es noch sehr wenig Plätze für Rollstuhlfahrer.

Ich finde es sehr schade, dass die Inklusion, die schon 2006 in New York beschlossen wurde und 2008 in Deutschland in der Verfassung festgelegt wurde, bei manchen Arbeitgebern noch nicht angekommen ist oder nicht umgesetzt wird.

Die Arbeitsstätte für Menschen mit Behinderung ist deshalb sehr wertvoll und notwendig, weil viele Mitarbeiter den beschützten Rahmen brauchen. Die Mitarbeiter der Werkstätten geben Sicherheit und das Gefühl, gut aufgehoben zu sein.

Gut wäre es, wenn sich eine Gruppe bilden würde, die am Computer arbeiten könnte. In einigen anderen Einrichtungen, zum Beispiel in anderen Städten, gibt es solche Gruppen. Dort arbeiten Menschen mit Körperbehinderung für die Werkstatt am Computer.

Früher stand die Schaffung von Institutionen und Arbeitsstätten im Vordergrund, die behindertengerechte Arbeitsplätze zur Verfügung stellten und vornehmlich einfache Arbeiten anboten. Heute werden im Zuge der Inklusion und Integrationsbemühungen eine Beschäftigung von Menschen mit Behinderung in der freien Arbeitswelt angestrebt.

Eine WfbM auf dem Land oder in kleinen Städten sind oft stärker mit den Firmen verwurzelt, mit denen sie zusammenarbeiten. Ich würde mir für mich wünschen, dass ich einen Tag in der Woche in einer Firma außerhalb der Werkstatt ein Praktikum machen könnte.

Ich würde dadurch eine andere Arbeitsweise kennenlernen und andere Menschen. Das Praktikum soll nicht die Werkstatt für Menschen mit Behinderung ersetzen, es gibt einen anderen Blickwinkel. Da haben alle beiden Parteien einen guten Deal, die Werkstätten für Menschen mit Behinderung können ihre Beschäftigten mit abwechslungsreicherer Arbeit versorgen.

Wichtig sind Aufträge von Betrieben, die ihre Arbeiten von der Werkstatt erledigen lassen. Die Unternehmen, die ihre Aufträge an die WfbM weitergeben, haben sich die Ausgleichsabgabe gespart. Wenn ein Arbeitgeber mehr als 20 Beschäftigte hat, muss er einen Arbeitsplatz zur Verfügung stellen, oder aber die Ausgleichsabgabe an das Integrationsamt zahlen.

Ich als Rollstuhlfahrer denke viel über mein Leben nach, und mit einem Blick in die Zukunft aber auch mit einer gewissen Sorge für mein weiteres Leben. Ich möchte noch gerne beruflich mehr kennenlernen, aber im Moment ist die Werkstatt mit meiner schweren Körperbehinderung genau der richtige Ort zum richtigen Zeitpunkt.

Das persönliche Budget, eine neue Form der Betreuung

Die Befragung zum persönlichen Budget ist eine Besprechung, in der festgestellt werden soll wie die Bedürfnisse der Bewohner angepasst werden können..

Das war für mich bei diesem Gespräch sehr schwierig meine Probleme zu äußern und darüber zu sprechen. Die Situation war für mich fremd, ich wusste nicht wie ich über meine Ängste und Probleme reden soll, vor allem bei Menschen die ich nicht kannte.

Weil ich zu diesem Zeitpunkt überfordert war, war meine heftige Reaktion sehr verletzend für meine Eltern und die Menschen die mir helfen wollten. Ich habe jede Anwort auf Fragen verweigert nicht zugehört..

Als Rollstuhlfahrer vor fremden Leuten seine Bedürfnisse den andern Menschen ohne Behinderung mitzuteilen, ist oft nicht ganz leicht.

Ich frage mich manchmal, ob die sogenannten gesunden Menschen nicht auf die eine oder andere Art eine Behinderung haben, zum Beispiel durch Überbelastung, Stress oder andere psychische Belastungen.

Das persönliche Budget gibt mir die Möglichkeit, meinen Pflegedienst, meine Assistenten und meine Freizeitbegleiter selber auszusuchen.

Lange gibt es das persönliche Budget noch nicht, aber der Mensch mit Behinderung kann damit ein selbstbestimmteres Leben führen. Ein erfülltes Leben, nicht mehr und nicht weniger, wünscht sich ein jeder.

Meine Mutter

Sie hat gesundheitliche Probleme mit der Wirbelsäule und deswegen ist sie oft traurig. Die Gehfähigkeit meiner Mutter ist jetzt beeinträchtigt und sie hatte schon immer mit diesen Schmerzen zu kämpfen.

Aber gerade für mich, als behindertes Kind, ist die Situation nicht immer einfach, ich weiß in diesem Moment nicht, wie ich mich richtig verhalten soll.

Wenn ich am Wochenende bei meinen Eltern bin, ist es schon schwer für meine Mutter, aber zusammen mit meinem Vater und meinen Geschwistern schaffen wir alles. Ich bin jedes zweite Wochenende bei meinen Eltern.

Weil bei meiner Mutter die Schäden an der Wirbelsäule groß sind, hat sie häufig auch ein Taubheitsgefühl in den Armen, in den Händen und in den Beinen. Dieses Taubheitsgefühl, das ist schmerzhaft und da braucht man sehr viel Geduld und eine gute Physiotherapie.

Krankenhäuser stehen auf dem Monatsplan

Aufgrund meiner häufigen Operationen, Treffen mit Ärzten, Therapien und Untersuchungen bin ich oft in Krankenhäusern. Mein letzter Aufenthalt ist mir in prägender Erinnerung geblieben. Ich war für einige Wochen in einer BG Unfallklinik. Dort waren sehr viele Rollstuhlfahrer, wir waren unter uns wie eine große Familie. Mich hat das Kennenlernen der Menschen dort sehr verändert, ich bin positiver geworden und traue mir mehr zu, habe mehr Selbstbewusstsein und Selbstvertrauen.

Bis auf die Tatsache, dass ich im Rollstuhl sitze, ist mein Leben als Rollstuhlfahrer eigentlich normal und auch sehr glücklich.

Meine Ziele für die Zukunft

Ich möchte in Zukunft weite Reisen mit einer Begleitperson machen. Dabei wären meine drei liebsten Reiseziele Russland, Brasilien und Japan.
Mein viertes Ziel ist, dass ich auch ein Tierschutzprojekt unterstützen möchte. Über eine Bekannte weiß ich, dass viele Tiere, besonders Hunde und Katzen, gequält und getötet werden. Mit Unterstützung deutscher Tierschutz-Organisationen werden die heimatlosen Tiere mit Flug-Paten nach Deutschland transportiert. Am Flughafen werden sie dann von ihren neuen Besitzern und Herrchen abgeholt. Nach tierärztlichen Untersuchungen kommen die Tiere für eine Zeit in Quarantäne. Die Kosten werden teilweise vom Paten und von der Organisation übernommen und die möchte ich mit unterstützen.

Wenn ich nicht im Rollstuhl wäre dann…

Wenn ich nicht, bedingt durch meine Behinderung, im Rollstuhl sitzen würde, hätte ich gerne den Beruf eines Bundeswehroffiziers erlernt.

Ich hätte nach der Grundschule ein Gymnasium besucht, mein Abitur hoffentlich bestanden und hätte mich dann bei der Bundeswehr verpflichtet. Mein Ziel wäre die höhere Laufbahn gewesen.

Auch Einsätze in Krisengebieten wie in Afghanistan oder im Irak wären für mich selbstverständlich gewesen. Später wäre eine Kaserne im Osten der Bundesrepublik mein Einsatzort gewesen.

Wenn mein Plan mit der Laufbahn bei der Bundeswehr nicht geklappt hätte, wäre ich Coach für schwererziehbare Jugendliche und drogenabhängige Jugendliche geworden.

In meiner wahrscheinlich knapp bemessenen Freizeit wäre ich bei der freiwilligen Feuerwehr gewesen und mein Hobby wäre es, Überlebenskurse in der Wildnis zu geben.

Eine Familie wäre bei meinen Unternehmungen kurz gekommen, auch wollte ich nicht, dass sie in ständiger Sorge um mich leben müssten.

Nach dem Ausscheiden aus der Bundeswehr hätte ich am Brennpunkt Berlin gerne ehrenamtlich als Streetworker gearbeitet. Im wohlverdienten Ruhestand wäre ich in ein Generationenhaus in Berlin eingezogen mit vielleicht ambulant betreutem Wohnen.

Tropischer Regenwald, die Lunge unserer Erde

Mit meiner Familie war ich 2001 in Brasilien im Urlaub. Wir haben eine Bootsfahrt auf dem Amazonas gemacht und dortlebende Indianer Stämme kennengelernt. Der Regenwald und die Menschen haben bei mir einen nachhaltigen Eindruck hinterlassen, ich denke gerne an Brasilien.
Für mich war es sehr schön, die Pflanzen und Tiere zu sehen.
Im Jahr 2019 habe ich von den Bränden in Brasilien gehört. Für mich war es ein Schock, zu sehen und zu hören, wie viel Amazonas Regenwald durch die Feuer vernichtet wurde. Da habe ich mir gedacht, dagegen muss ich etwas unternehmen .Mir ist die Idee gekommen, in

meiner Heimatstadt ein Fest zu organisieren. Ziel von diesem Fest soll sein, in Städten und Gemeinden das Bewusstsein für den Erhalt der Wälder zu schärfen. Mein Wunsch ist es, dass mich jeder, der mitmachen möchte, unterstützen kann. Wenn er selber einen Geldbetrag nach Wahl spendet, werden dafür Setzlinge gepflanzt.

Der Raubbau der Menschen an der Natur

Warum sollte der Klimaschutz in allen Ländern der Welt mehr gefördert werden?
Weil, wenn wir jetzt nichts unternehmen, werden die Menschen in Zukunft kein angenehmes Leben mehr haben können. Und das alles unter anderem wegen der Menschen und ihrer Gier nach mehr Rohstoffen. Deshalb steht der Klimaschutz bei mir ganz oben auf der Liste.
Wir müssen uns darauf besinnen, mehr erneuerbare Energien zu schaffen, zum Beispiel Windenergie und Solarenergie. Wir müssen in unserem Alltag weniger

Plastikverpackungen verwenden und die Lebensmittel lose verpackt im Handel kaufen. Es gibt schon sehr gute Ansätze in der Industrie wie Bambus-Trinkhalme, Baumwollsäckchen für Obst und Gemüse, Metalldosen für Fleisch und Wurstwaren.

Umwelt und Klimaschutz ist mir sehr wichtig und deshalb habe ich dem Thema dieses Kapitel gewidmet.

Schlusswort

Liebe Leserinnen ,lieber Leser ,

Dies ist mein erstes persönliches Buch. Ich bin stolz und glücklich es endlich geschafft zu haben, es ist fertig. Viel Herzblut steckt drin, und viel Zeit. Ich freue mich wenn mein Buch von Ihnen gelesen wird. Wenn nicht alles pefekt ist verzeihen Sie mir, ich lerne noch.

Ganz lieben Dank schicke ich auch an meine Mutter die mir beim Schreiben am PC sehr geholfen hat, an meinen Vater der am PC alle Seiten geordnet hat und ganz lieben Dank an mein tolle Nichte die immer wieder Fehler korrigiert hat .

Ich wünsche Ihnen allen viel Freude beim Lesen und vielleicht auch beim Nachdenken über das Leben eines glücklichen Rollstuhlfahrers.

Ihr Christoph Maier

MIX

Papier | Fördert
gute Waldnutzung

FSC® C083411

Zeitfracht Medien GmbH
Ferdinand-Jühlke-Straße 7
99095 Erfurt, Deutschland
produktsicherheit@kolibri360.de